しっぽ！

竹下文子 作
長野ともこ 絵

朝《あさ》　おきたら、
ぼくには、しっぽが　はえていた。
ゆうべ　ねるまでは、
そんなもの　ぜんぜん　なかったのに。

はじめは　なんだか、
よく　わからなかった。
なにか　じゃまな　ものが
くっついてるな、って　おもったんだ。
さわってみたら、ふさふさしている。
首《くび》を　うんと　まげて、うしろを
見《み》たら……、

「うひゃあ！　なんだ　これ。」
びっくりして、いっぺんに
目《め》が　さめちゃった。
だって、しっぽなんだもの。
りすみたいな、こげ茶色《ちゃいろ》の
大《おお》きな　しっぽ。

そっと　ひっぱってみたけど、
とれない。おもいっきり、
ぎゅっと　ひっぱると、
「いてててて　てっ。」
ぼくは、なんども　なんども
体《からだ》を　右《みぎ》に　ひねってみたり、
左《ひだり》に　ひねってみたりした。

それから　ろうかに　出《で》て、
かがみに　うつしてみた。
どこから　見《み》ても、りっぱな
しっぽだ。
まちがいなく、ほんものの、
ぼくの　しっぽだ。

「ゆうと、おきてるの？　もう　七時《じ》に　なるわよ。」

おかあさんの　よぶ　声《こえ》が　する。

キッチンへ　いくと、おかあさんは、
めだまやきを　つくっていた。

「あのー、しっぽが　はえたんだけど。どうしよう。」

ぼくは、おかあさんに　いった。

「え？　しっぽ？　どれ？」

「これ。」

ぼくは、まわれ右《みぎ》を　して、せなかを　むけた。

おかあさんは、ちょっとの　あいだ、
なんにも　いわなかった。
それから、ぼくの　せなかを、いきおいよく
ぽーんと　たたいた。
「なに　ねぼけてるの。顔《かお》　あらってらっしゃい。」
「だって、しっぽが……。」
「はい　はい、しっぽでも、つのでも、なんでも　いいから、
さっさと　ごはん　たべちゃってくれる？」
おかあさんは、めだまやきの　おさらを　テーブルに　おいて、
パンを　トースターに　いれた。

顔《かお》を　あらってから、もう　いちど
こっそり　うしろを　見《み》る。やっぱり、
ある。ふさふさの　りすの　しっぽ。
ゆめなんかじゃ　ない。
　どうやら　この　しっぽ、
ぼくには　ちゃんと　見《み》えるけど、
おかあさんには　見《み》えないらしい。

ぼくは、 キッチンの いすの
はしっこに、 そうっと こしかけた。
しっぽは やわらかくて、 すごく
じょうとうの クッションみたい。

いや、クッションは　いいんだけど、
やっぱり　じゃまだよ。
こんな　しっぽを　つけて
学校《がっこう》に　いきたくない。
びょういんに　いったら、
なんとか　して　もらえるかな。
でも、どこも　いたくないし、ねつも　ないし。
だいいち、おかあさんに　見《み》えないんだから、
おいしゃさんにも　見《み》えないか。
まいったなあ、ほんとに。

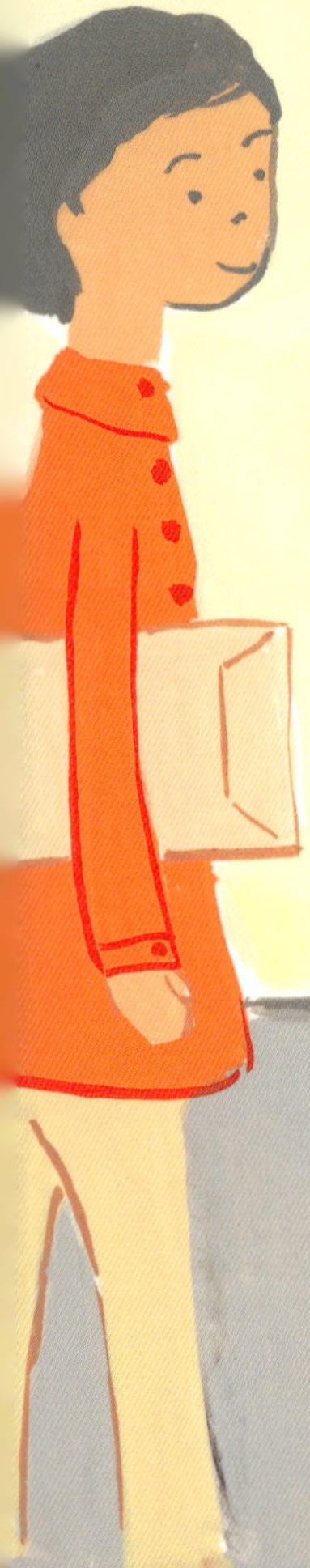

しかたないので、ぼくは、
もそもそと　朝《あさ》ごはんを　たべて、
学校《がっこう》に　いった。
　あるくと、しっぽは、右《みぎ》に　左《ひだり》に、
ゆらゆら　ゆれる。おもたくて
あるきにくい。
だれも　気《き》が　つかない　みたい。
だけど、やっぱり　だれかが
見《み》てる　みたい。うしろが
気《き》に　なって　しかたない。

バスていを
とおりすぎる。
バスを　まっている
人《ひと》たちが、ほどうに
ならんでいる。
「あっ！」
ぼくは　おもわず、
つまずきそうに
なった。

平日
休日

まえから
三ばんめの、
おりたたんだ
新聞《しんぶん》を　よんでいる
おじさん。
スーツの　うわぎの
下《した》から、しっぽが
のぞいている。
　きつねみたいな、
きいろっぽい
長《なが》い　しっぽ。

しらなかった。
しっぽが　あるのは、
ぼくだけじゃ
ないんだ！

おうだんほどうを
わたる。うしろから、
ジリジリリッと
ベルを　ならして、
じてんしゃが、
らんぼうに
おいこしていく。

あ、じてんしゃの　おにいさんにも、
しっぽが　ある！
あらいぐまみたいな、太《ふと》い
しましまの　しっぽだ。
あっち　こっち、見《み》まわすと、
たくさんじゃないけど、ほかにも　いる。

おしゃれな　おねえさんは、
黒《くろ》い　ねこの　しっぽ。
犬《いぬ》と　さんぽの　おじいさんは、
うわあ、あれ、わにの　しっぽかな。

しっぽだけじゃ　ないんだ。
あたまに　大《おお》きな　しかの
つのを　のせてる　人《ひと》も　いる。
みんな、なんとなく　こまったような
顔《かお》を　したり、だまって　下《した》を
むいたりしている。

そりゃ　そうだよね。
ぼくだって、こまってるんだから。

きょろきょろしながら　あるいていたら、
「ゆうとくん、おっはよっ！」
うしろから、元気《げんき》の　いい　声《こえ》が　した。
おなじ　クラスの　あすかちゃんだ。
「あれえ、どうしたの？
ゆうとくん、しっぽが　あるじゃない。」
「え、えっ？」
どきっ、とした。あすかちゃんには　見《み》えるんだ。
「わあ、ふさふさだね。かわいーい。
さわっても　いい？」
あすかちゃんは、へいきで、どんどん　ちかづいてくる。

「やだ。」
ぼくは、あわてて　うしろに
さがった。
「ちょっとだけ、いいでしょ。」
「だめだめ、だめっ。」
ぼくは、へいに　せなかを
おしつけた。
「ゆうとくんの、けち。」
あすかちゃんは、ほっぺたを
ぷうっと　ふくらませた。

それから、まじめな　顔《かお》に　なり、
ぼくを　のぞきこむように　して、
首《くび》を　かしげた。
「ねえ、どうして、しっぽが
はえたの？」
「しらないよ、そんなの。」
ぼくは、へいに　そって、
よこあるきしながら、
ぼそぼそと　こたえた。
「けさ、おきたら、
こう　なってたんだよ。」

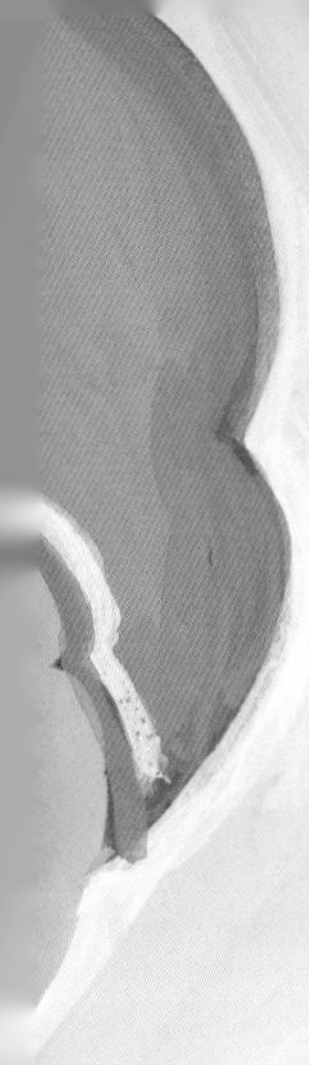

「ふうん。げんいんふめいか。それは、なぞね。」

あすかちゃんは、名《めい》たんていみたいに、目《め》を　ひからせた。

「きのう、なにか　へんなもの　たべなかった？

どくきのこ、とかさ。まほうの　木《き》のみ、とか。」

「まさか。」

　きのうの　おやつは　プリンで、ばんごはんは
トンカツだったけど、どっちも　へんなものじゃないし。

だいいち、トンカツたべて、りすの　しっぽが　はえるなんて、
きいたことも　ないし。

「じゃあ、なにか　かわった　こと、しなかった？」

「かわった　ことって？」

「ほら、ゆうとくんが　いつも　しないような　こと。

ふだん　いかない　ばしょに　いったとか、
あやしい　黒《くろ》ずくめの　おばあさんと
すれちがったとか。

こころあたり、ない？」

「うーん、……えーっと。」

「あ、そういえば。」
おもいだした。ひる休《やす》みに、サッカーを　やったとき、
こうへいくんと　けんかしたんだ。
ゴール前《まえ》で　ぶつかったのが、ファウルか、
ファウルじゃ　ないかで　いいあいに　なって、
なかなか　きまらなくて、そのうち、
ぼくが　わざと　足《あし》を　出《だ》したって、
こうへいくんが　いいだして……。
こうへいくんが　おおげさに　たおれたんだって、
ぼくも　いって……。
あ、どっちが　先《さき》だったかな？

とにかく、ひる休《やす》みの　おわりの　かねが　なっても、
まだ　やっていて、さいごは　つかみあいに　なって、
だれかが　先生《せんせい》を　よんで　きて、ふたりとも　しかられた。
あとは　口《くち》も　きかなかった。かえりも、べつべつに
かえった。
　そんなの、はじめてだった。
「いつも　しないような　こと」だった。
　ゆうべ　ねる　前《まえ》まで、
ずうっと　そのことが　頭《あたま》の　中《なか》に
ひっかかっていたんだ。

こうへいくんと　はじめて
会《あ》ったのは、入学式《にゅうがくしき》。
すぐ　友《とも》だちに　なった。

ぼくは、どっちかって　いうと、
こくごが　とくいで、こうへいくんは、
さんすうが　とくい。

休《やす》み時間《じかん》は、たいてい　いっしょだ。
ふたりとも　サッカーが　すきで、
こうへいくんは　キーパー、
ぼくは　フォワード。

五年《ねん》に　なったら、ぜったい
サッカークラブに　はいる　つもり。
家《いえ》は　あんまり　近《ちか》くじゃないけど、
いつも　とちゅうまでは、いっしょに
かえる。いろんな　ことを　いっぱい
しゃべりながら、ぶらぶら　あるいて
かえる。

休《やす》みの　日《ひ》は、どっちかが、
どっちかの　家《いえ》に　あそびに　いく。
こうへいくんには、おねえちゃんと
いもうとが　いて、金魚《きんぎょ》が　いる。
ぼくには、きょうだいは
いないけど、犬《いぬ》の　ケンタが　いる。
ぼくたちは、まんがを　かしたり、
ゲームを　かりたり、
ケンタを　つれて、ちょっと
遠《とお》くの　公園《こうえん》に　あそびに
いったり　する。

そうだ。こうへいくんと　ぼくは、
いちばんの　なかよしで、
あんな　けんかなんて、したことが　なかったんだ……。

「なるほど、もしかしたら、それかもね、げんいんは。」

あすかちゃんが、くすくす　わらった。

「なかなおりしなさいよ、こうへいくんと。」

「よけいな　おせわだい。」

おもいだしたら、また　むしゃくしゃしてきた。

だって、あれは　こうへいくんの　ほうが
わるかったんじゃないか。

あんな　やつ。顔《かお》も　見《み》たくないや。

もう、ぜったい、いっしょに　あそばないからな。

のろのろ　あるいて、学校《がっこう》に　ついた。

のろのろ　あるいて、教室《きょうしつ》に　はいった。
すぐに、まどがわの　二れつめを　見《み》る。
こうへいくんは、もう　先《さき》に　きて、
じぶんの　せきに　すわっていた。
うしろすがたを　見《み》た　とたん、
「ぷふふふふ……。」
ぼくは、おもわず、ふきだしてしまった。
だってさ……。

こうへいくんの　丸《まる》い　頭《あたま》の　てっぺんに、
うさぎの　耳《みみ》が　はえてるんだもの。
白《しろ》くて　長《なが》い　耳《みみ》が　ふたつ、ぴょこんと。
　こうへいくんが、ふりむいて、
じろっと　こっちを　にらんだ。
「なんだよう。わらうなよう。」
　うさぎの　耳《みみ》が、ふるふると、かわいく　ゆれた。

つぎの　しゅんかん、
こうへいくんの
顔《かお》が、
くしゃくしゃっと
なった。
　そして、いきなり、
つくえを　たたいて
わらいだした。
「きゃははは、
りすの　しっぽ！」
「くくくく、
うさぎの　耳《みみ》！」

ふたりして、　わらって、　わらって、
おなかが　いたくなるまで、
わらいころげた。

「きのう、ごめんな。」
こうへいくんが、わらった 顔《かお》のまま、
ちょっと 小《ちい》さい 声《こえ》で いった。
「うん。こっちも。ごめん。」

いいにくかった　ことばが、
すらっと　いえた。それと　どうじに、
せなかが、ふっと　かるくなった。

「あ。」

ぼくは、うしろを　ふりむいた。

しっぽが　なくなっていた。

みると、こうへいくんの　長《なが》い　耳《みみ》も、いつのまにか　きえていた。

「ゆうちゃん、きょうも、サッカー、やろうな。」

こうへいくんが、じぶんの
頭《あたま》を　くるっと　なでて、
なんにも　なかったように、
明《あか》るい　声《こえ》で　いった。
「うん！」
ぼくは、しっかり　うなずいた。

かえり道《みち》、いつもの　まがりかどで、
こうへいくんと　わかれて　あるきだしたら、
うしろから　きた　じてんしゃが、
リンと　ベルを　ならして、おいこしていった。
　じてんしゃの　おにいさんが、
ちょっと　こっちを　見《み》て、
にやっと　したような　気《き》が　した。
　あ、けさの、あらいぐまの　しっぽの　おにいさんだ。
でも、もう　しっぽは　ないみたい。

おにいさんも、
だれかに　ごめんって　いって、
なかなおりしたのかな。
ほかの　人《ひと》たちも　みんな、
じゃまな　しっぽや　耳《みみ》、
なくなってると　いいな。
じてんしゃの　あとから、
ひゅーっと　風《かぜ》が　ふいてくる。
サッカーボールを
おいかけている　きぶんで、
ぼくは、はしっていく。

（おわり）

作　者　竹下文子（たけした　ふみこ）
福岡県生まれ。「黒ねこサンゴロウ」シリーズ（偕成社）で、路傍の石幼少年文学賞を受賞。おもな作品に、「クッキーのおうさま」シリーズ（あかね書房）、「おてつだいねこ」シリーズ、『ねえだっこして』（ともに金の星社）、『ちょっとまってねるまえに』（ポプラ社）などがある。

画　家　長野ともこ（ながの　ともこ）
大阪府生まれ。おもなさし絵の作品に、『佐藤さん』（講談社）、『だんご鳥』（新日本出版社）、『ほしのふるよる』（ポプラ社）などがある。東京在住。

新しい日本の幼年童話
しっぽ！

2007年　10月 2日　第１刷発行
2016年　 4月14日　第７刷発行

作　者／竹下文子
画　家／長野ともこ

装　丁／清水　肇（プリグラフィックス）

発行人／川田夏子
編集人／小方桂子
発行所／株式会社学研プラス
〒141-8415 東京都品川区西五反田2-11-8
印刷所／日本写真印刷株式会社

この本に関する各種お問い合わせ先
【電話の場合】
編集内容については　Tel 03-6431-1615（編集部直通）
在庫、不良品（落丁、乱丁）については　Tel 03-6431-1197（販売部直通）
【文書の場合】
〒141-8418　東京都品川区西五反田 2-11-8
学研お客様センター『しっぽ！』係
この本以外の学研商品に関するお問い合わせ　Tel 03-6431-1002（学研お客様センター）

ISBN 978-4-05-202825-0 NDC913 60P 23cm　　Printed in Japan

※本作品は、「話のびっくり箱　1年上」（2006年）に掲載された作品に、加筆・修正をしたものです。